AF385157

EXPOSITION
SUCCINTE
DES PRINCIPES
ET DES PROPRIETÉS
DES EAUX
MINÉRALES,

Qu'on distribue au Bureau Général de Paris.

Prix, une livre quatre sols broché.

A PARIS.

De l'Imprimerie de Claude HERISSANT, rue Neuve Notre-Dame.

Avec Approbation & permission du Roi,
1775.

OBJET

DE CET OUVRAGE,

ET SA DIVISION.

L'OBJET de cette Brochure eſt le deſir
de ſatisfaire à l'empreſſement du Public,
qui demande depuis long-rems des connoiſſances ſur les principes & les propriétés des Eaux minérales que l'on diſ-
tribue au Bureau Général. On avoit déja
ſatisfait en partie à cet empreſſement,
par une brochure de douze pages d'impreſſion ; mais les connoiſſances que
l'on y donne des Eaux minérales ſont
trop abrégées pour répondre au vœu
général : il eſt juſte d'y ſuppléer par
de plus étendues.

Cette Brochure donnera des connoiſſances ſuffiſantes ſur les Eaux minérales,
qu'on débitoit anciennement au Bureau

A ij

Général, & fur plufieurs autres très-ef-
fentielles à l'humanité. On ne les con-
noiſſoit point avant l'établiſſement de
la Commiſſion Royale de Médecine ;
elles ont été découvertes & éprouvées
par les foins de cette Compagnie.

On trouvera les Eaux minérales di-
viſées par claſſes, felon leurs principes, leurs propriétés & les maladies
auxquelles elles conviennent. Les Eaux
Thermales Salines y tiennent le premier rang ; le fecond eſt rempli par les
Thermales fulfureuſes;& le troifiéme par
les minérales froides, Salines. Celles-ci
font fuivies de la claſſe des ferrugineuſes ; les acidules viennent après, & ce
recueil eſt terminé par les Eaux minérales, fimplement Alkalines.

Si l'on veut retirer des Eaux minérales tous les avantages qu'on a lieu
d'en attendre ; il eſt néceſſaire de fe
préparer à leur ufage, par des remédes propres aux maladies pour lefquelles
on y a recours ; il n'eſt pas moins néceſſaire d'obſerver des précautions pendant tout le temps qu'on les prend
pour en favoriſer les effets, & les fou-
tenir quand on en a fini l'ufage. Comme
ces inſtructions ne peuvent pas entrer

dans ces préliminaires, on les trouvera très en détail dans le Traité Analytique des eaux minérales (a).

On doit donner d'autant plus de confiance au Bureau Général de Paris, que l'on tient exactement la main à ce que les Eaux soient pures à leur source, qu'elles n'en partent point sans des certificats authentiques, homologués sur les routes, conformément à la Déclaration du Roi du 25 Avril 1772, & à l'Arrêt du Conseil du premier Avril 1774. Les sages précautions qu'exige la disposition de ces loix, assurent la fidélité de leur transport, & les garantissent de toute fraude. C'est encore dans ces vues que la Comission Royale a diminué d'un quart ou environ de leur ancien prix toutes les Eaux minérales, qui par le plus ou le moins de leur éloignement, ou de la difficulté de leur transport ont pu supporter le rabais.

Pour ce qui concerne la fidélité de la distribution des Eaux minérales au Bureau de Paris, le Directeur de ce Bureau qui n'en reçoit, & qui n'en dé-

____

(a) Ce Livre se vend chez Vincent, Libraire, rue des Mathurins.

bite que sous l'inspection de la Commis-
sion Royale, aura toujours l'attention la
plus exacte & la plus suivie, pour répondre au vœu de cette Compagnie,
& pour se conformer aux réglemens
qu'elle a faits en conséquence.

EXPOSITION SUCCINTE

DES PRINCIPES ET DES PROPRIÉTÉS

DES EAUX MINÉRALES.

EAUX THERMALES SALINES.

Eaux Thermales Salines de Balaruc.

LES Eaux minérales de Balaruc fourdent dans un Village de ce nom, en la Province de Languedoc, à quatre lieues de Montpellier. Ces Eaux font thermales, abondantes, limpides, onctueufes au toucher, & d'un goût très-falé. Leur chaleur fait monter la liqueur du thermometre de Réaumur jufqu'au quarante-deuxiéme dégré.

Il eft démontré par l'analyfe des Eaux de Balaruc, qu'elles contiennent de la félénité du fel marin à bafe ter-

A iv

reufe, & de la terre abforbante. On obtient ordinairement de chaque livre de ces Eaux évaporées, un gros de fel marin.

On employe les Eaux de Balaruc en boiffon, en bains, en douches & en étuves. Elles ont en général une vertu tonique, diurétique, apéritive & diaphorétique. Elles conviennent, prifes en boiffon, dans les dérangemens de l'eftomac qui ne proviennent pas d'une plethôre fanguine; dans le vomiffement habituel, dans les différentes efpéces de diarrhées, fur-tout quand elles font produites par des humeurs glaireufes dans les premiéres voies. On en fait principalement ufage, dans les douleurs de tête céphalalgiques, les migraines, les vertiges, la paralyfie; dans les maladies des reins & de la veffie qui ne font pas inflammatoires, dans les fiévres intermittentes, les obftructions lymphatiques & bilieufes des vifceres du basventre, dans les fleurs blanches, le retardement & la fuppreffion des régles lorfque les femmes font cacochymes.

On prend ordinairement d'une pinte & demie jufqu'à deux pintes de ces Eaux. On ne continue à les prendre à cette dofe que pendant quatre ou cinq jours.

Lorsqu'on veut en faire un plus long uſage, une pinte ſuffit chaque matin.

Les bains & les douches de Balaruc conviennent dans les diſpoſitions à l'apoplexie ſéreuſe, dans la paralyſie, dans les engourdiſſemens des membres occaſionnés par des chûtes, ou par des bleſſures : ils ſont efficaces dans les rhumatiſmes, les douleurs de ſciatique, les tumeurs, les obſtructions, les vieux ulcéres, &c. Ces bains ſont d'une chaleur exceſſive. On ne peut ſupporter les plus doux qu'environ quinze minutes. Leur chaleur ordinaire eſt au trente-ſeptiéme dégré du thermométre de Réaumur. Les boues ſont propres aux mêmes maladies que les bains & les douches

On ſe ſert des étuves dans les rhumatiſmes, les œdémes, les empâtemens ou engorgemens ſéreux, dans les contractions des muſcles, dans les maladies cutanées, & dans tous les cas où les ſueurs ſont utiles. La chaleur des étuves eſt au trente-deuxiéme dégré. On ne la ſupporte pas au-delà de quinze à vingt minutes.

Eaux Thermales, Salines de Lamothe.

Les Eaux Thermales de Lamothe font dans un Bourg de ce nom, dans la Province du Dauphiné, à cinq lieues de Grenoble ; elles fourdent au pied d'une montagne dans une efpéce de précipice fur le bord du Drar ; leur chaleur approche du quarante-cinquiéme dégré du thermometre de Réaumur.

Ces Eaux font claires & limpides ; elles impriment au goût une faveur falée ; elles noirciffent l'argent & les bouchons des bouteilles dans lefquelles on les tranfporte : cependant on n'y reconnoît point par l'analyfe, de principe fulfureux. Si elles en contiennent à la fource, ce ne peut être qu'un principe volatil qui fe diffipe dans le tranfport.

Chaque livre d'eau contient demi-gros de fel marin à bafe terreufe, & environ quinze grains de terre abforbante & en diffolution, libre de toute fubftance faline.

Les Eaux de Lamothe prifes en boiffon font diurétiques & laxatives. Elles purgent les tempéramens délicats, foutiennent le ton de l'eftomac, le fortifient, favorifent les digeftions, & les rétabliffent lorfqu'elles font dans le défordre ;

elles divifent la lymphe trop denfe, diffipent les obftructions, previennent les progrès des tumeurs, les réfolvent & les guériffent. Leur dofe eft depuis une pinte jufqu'à une pinte & demie.

Les bains & les douches de ces Eaux produifent les mêmes effets que les bains & les douches de Bourbon-Lancy.

Eaux Thermales Salines de Bourbonne-les - bains.

Bourbonne eft une petite Ville en Champagne, dans le Baffigni, à fept lieues de Langres. Ses Eaux minérales font thermales, claires ; elles ont une odeur de fouffre, & un goût légérement falé. Leur chaleur fait monter au cinquante - cinquiéme dégré la liqueur du thermometre de Réaumur ; fi elles contiennent du fouffre, il eft volatil, incoercible, & fe diffipe très-promptement : leurs autres principes minéraux confiftent par livre en fix grains de terre calcaire, cinq grains de félénite, & beaucoup plus de fel ma-rin.

On fait ufage des Eaux de Bour-bonne en boiffon, en bains & en douches. Leur dofe, prife en boiffon eft

A vj

depuis une livre jufqu'à quatre. Ces Eaux font toniques, apéritives, diu-rétiques & laxatives. Elles conviennent dans le dérangement de l'ordre des digeftions, dans le relâchement des fibres organiques, dans les obftructions des vifceres. Elles nuiroient aux mala-des qui ont la fibre fenfible & irritable, aux pléthorico-fanguins, aux bilieux, &c.

Les bains & les douches des Eaux de Bourbonne conviennent dans les para-lyfies, les tremblemens des membres, dans les enflures œdémateufes, &c.

Eaux Thermales, Salines de Vichy.

Vichy eft une petite Ville du Bour-bonnois, située fur la rive gauche de l'Allier, à fix lieues de Gannat, à quinze de Moulins. Les Eaux minérales de ce nom font très fameufes. Il y a plufieurs fontaines, dont chacune a une dénomi-nation particuliére. Il ne s'agit ici que de celle où l'on puife les Eaux que l'on tranfporte à Paris & dans les Pro-vinces. Les principes minéraux de ces Eaux font à-peu-près les mêmes; ce-pendant elles ont une faveur différente les unes des autres: elles différent auffi par leur dégré de chaleur: la moins chaude l'eft au vingt-troifiéme dégré du thermometre de Réaumur, & la plus chaude au quarantiéme dégré du même thermometre. Ces Eaux font fpiritueufes, & d'un goût de fel affez fort. Elles contiennent une matiére bitumineufe, du fer, & un alkali naturel, du fel marin & du fel de glauber. Ces fels font à-peu-près la quantité de deux gros par pinte.

Les principales vertus des Eaux de **Vichy** font d'être purgatives, diurétiques, réfolutives & toniques. Elles conviennent, en général aux perfonnes graffes & robuftes ; mais fouvent elles font nuifibles aux perfonnes maigres ; dans les affections nerveufes & fcorbutiques, dans les douleurs de tête invétérées, dans les pulmonies, &c. La dofe en eft d'une pinte jufqu'à deux.

Ces Eaux conviennent dans les embatras des premiéres voies, dans l'épaiffiffement du fang & de la lymphe; dans les fiévres intermittentes, les coliques invétérées, les engorgemens lymphatiques du foie, de la rate & des autres vifceres du bas-ventre. Elles font fouvent des bons effets dans les paralyfies & dans les maladies hyppochondriaques.

Les bains & les douches de **Vichy** font propres à la guérifon des humeurs froides, des rhumatifmes, des foibleffes des membres, des paralyfies, &c.

La douche des mêmes Eaux réfout le tumeurs lymphatiques, les œdémateufes, les exoftofes, fortifie les membres relâchés, & foutient leur reffort.

Eaux Thermales, Acidules, Salines de Chatel-Guion.

Chatel-Guion eft un Village de la Province d'Auvergne, à une lieue au nord de la Ville de Riom. On n'y connoiffoit anciennement qu'une fontaine minérale; on y en a découvert quatre autres depuis peu de temps; elles font placées à peu de diftance de la premiére, & fourdent toutes fur la même ligne. Les Eaux de ces cinq fources contiennent à-peu-près les mêmes principes minéraux. Elles font claires & limpides. Leur chaleur eft prefque la même, à l'exception de celle de l'ancienne fource qui étoit au vingt-quatriéme dégré du thermometre de Réaumur, & qui n'eft aujourd'hui qu'au vingtiéme dégré: cette diminution de chaleur provient de ce que cette fource a changé d'iffue; elle coule dix ou douze pas au-deffous de l'endroit où elle fourdoit auparavant; ce qui n'a cependant rien changé à fes principes minéraux, ni à ſes vertus. La chaleur des autres ſources eſt conſtamment du vingt-troiſiéme au vingt-quatriéme dégré du même thermometre.

Les Eaux minérales de Chatel-Guion ſont *thermales, gazeuſes, acidules* & *purgatives*. On n'en connoît pas de pareilles en France, & peut-être ſont elles uniques par ces qualités réunies. On a conſtaté par des analyſes exactes , que ces Eaux contiennent du ſel marin , du ſel d'epſom à baſe terreuſe : on y a auſſi reconnu une portion de cette même baſe qui y eſt libre, du fer, & une terre calcaire. La diſſolution de ces trois derniéres ſubſtances paroît eſſentiellement tenir au principe gazeux de l'Eau minérale; car à meſure qu'il s'en échappe il ſe fait une précipitation ſenſible de ces ſubſtances, & au point qu'on ne ne retrouve plus celle du fer, par l'expérience de la noix de galle.

Les Eaux minérales de Chatel-Guion calment par leur fluide élaſtique , les irritations du genre nerveux, en foutiennent le ton & l'élaſticité. Leur principe martial les rend apéritives. La propriété des parties terreuſes eſt d'abſorber les acidités des premiéres voies; leur ſel marin à baſe alkaline, & leur

ſel catartique amer les rendent ſtomachiques, apéritives, réſolutives & purgatives.

Ces Eaux ſont eſſentielles dans les
dérangemens des organes de la digeſ-
tion, tels que les dégoûts, les inappétences, les digeſtions lentes & tar-
dives ou douloureuſes; elles ſont d'un
puiſſant ſecours dans les embarras des
viſceres du bas-ventre, dans les coliques bilieuſes, venteuſes, hépatiques;
dans les fiévres intermittentes, & dans
les lentes cacochymiques, dans la jauniſſe, les fleurs blanches, le dérangement des régles, les affections nerveuſes, &c.

Les Eaux de Chatel-Guion conviennent dans tous les cas où celles de
Vichy ſont propres, & dans ceux où
elles ne le ſont point: les Eaux de Vichy ſont contraires par la quantité de
leur principe ſalin, dans les agacemens
nerveux, dans des affections ſpamodi-
ques, dans des tempéramens maigres
& délicats, dans les phlogoſes des viſceres. Celles de Chatel-Guion moins
ſalées & plus laxatives, ſont dans tous
ces cas d'un ſecours puiſſant & néceſſaire. On peut en faire uſage avec
confiance pour boiſſon ordinaire dans

les fiévres malignes & putrides étant
coupées avec du petit lait, ou avec
une tifane propre à l'état des Malades : on peut même en ufer fans
mêlange, lorfque les fiévres ne font
pas de la nature des fiévres inflammatoires ; ces Eaux tiennent le ventre
libre, & fi on les donne feules, elles
purgent efficacement : on eft toujours
le maître de leur effet dans les maladies en en dirigeant l'ufage & le mêlange, avec le petit lait & la tifane felon
les indications : on doit être affuré qu'elles
n'irritent jamais le fyftême membraneux des entrailles ; au contraire, elles
y portent un calme dont les malades
s'apperçoivent bien fenfiblement : on
en fait ufage avec fuccès dans les at-
taques de goutte qui menacent les
vifcéres.

On peut employer les Eaux de Chatel-
Guion, comme apéritives, réfolutives
& calmantes, comme laxatives & purgatives. Dans les trois premiers cas, on
en prend trois ou quatre verres tous
les matins pendant plufieurs jours. Une
pinte de ces Eaux tranfportées procu-
re chez les Malades délicats deux ou
trois garderobes ; il en faut une pinte
& demie jufqu'à deux pintes pour les
robuftes : on peut & l'on doit même

les continuer comme purgatives pendant trois ou quatre jours, ou plus longtemps : elles ont de particulier qu'elles n'affoiblissent point en purgeant: l'effet purgatif de ces Eaux est plus prompt & plus décidé à la source qu'à Paris; cela provient selon les observations de M. Raulin de ce que l'esprit de la mine s'évapore dans leur transport. Il croit qu'on ne peut douter que ce volatil provenant des principes qui ont minéralisé les Eaux, ne participe aux propriétés de ces principes, & ne soit propre à leur donner de l'énergie & de l'activité.

Quoique les Eaux minérales de Chatel-Guion soient chaudes à leur source, il faut éviter de les faire chauffer étant transportées, pour qu'il se dissipe moins de leur esprit éthéré volatil minéral, & qu'elles conservent leurs vertus. Il suffit de les faire dégourdir pour les Malades qui ne peuvent les prendre froides.

Ces Eaux sont également propres pour les enfans; on peut leur en donner avec confiance à l'âge de cinq ans, demi septier, ou huit onces: lorsqu'ils ont atteint huit ou neuf ans, ils peuvent en prendre une chopine ou une livre : on continue cet ufage pendant plufieurs jours felon les indications.

Eaux Thermales , Salino-ferrugineufes de Verdufan.

A côté de la grande route d'Auch à Codom, à trois lieues de l'une & l'autre de ces deux Villes , il s'éléve dans une prairie en face & fur le milieu d'un beau pont de pierre fur la riviére de l'auloüe, deux fontaines minérales de différente qualité, quoiqu'elles ne foient qu'à quinze toifes de diftance l'une de l'autre : ces fontaines font très-bien bâties ; l'eau de l'une eft fulfureufe ; & celle de l'autre, falino-ferrugineufe : ce qui eft fenfiblement démontré par leur goût & par leur odeur.

Ces Eaux font à leur fource, claires, tranfparentes & très-abondantes. Leur chaleur qui eft la même, éléve au vingt-troifiéme dégré la liqueur du thermometre de Réaumur.

L'Eau de la fontaine ferrugineufe dépofe fur les parois de fes canaux une terre de couleur de rouille de fer : elle contient un principe martial très-divifé, du fel de glauber, du fel marin à bafe terreufe, du fel féléniteux , & une terre abforbante.

L'Eau de cette fontaine eſt diſſolvante, légèrement purgative, apéritive, diuré- tique, diaphorétique, ſtomachique, fé- brifuge, emménagogue. Elle eſt propre dans la cocochymie, & dans tous les cas où la fibre eſt relâchée; elle eſt efficace dans les obſtructions des viſ- ceres, dans les fiévres intermittentes, la jauniſſe, le dérangement, & la ſuppreſ- ſion des régles, & des hémorroïdes dans les fleurs blanches, &c. La doſe de ces Eaux eſt depuis deux juſqu'à quatre livres.

EAUX THERMALES SULFUREUSES.

Eaux Thermales Sulfureuſes de Verduſan.

Ces Eaux ſont principalement im- pregnées d'un principe ſulfureux volatil, & d'un vrai ſoufre. On en trouve de dépoſé avec une terre graſſe & argil- leuſe, dont les canaux de la fontaine ſont enduits: cette terre brûle ſur les charbons ardens, ou ſur une pelle rou- gie au feu: ces deux ſubſtances miné- rales établiſſent la différence de la fon- taine ſulfureuſe d'avec la ferrugineuſe; la différence particuliére à celle-ci eſt marquée par le principe martial qu'elle contient, & qu'on ne trouve pas dans l'autre. Les autres principes des Eaux de ces deux sources sont exactement les mêmes en qualité ; cependant la fontaine ferrugineuse purge plus efficacement que la sulfureuse, qui ne fait que tenir le ventre libre chez les Malades d'un tempérament délicat.

L'Eau de la fontaine sulfureuse de Verdusan, est diurétique, diaphorétique & légèrement purgative : elle est principalement diurétique ou diaphorétique chez les tempéramens sanguins : elle purge les bilieux & les pituiteux.

L'Eau sulfureuse divise l'humeur bronchiale trop dense, la synovie trop gluante. Elle est antispamodique, antinephrétique, fébrifuge, déterfive, vulnéraire, tonique, emmenagogue, céphalique & très - efficace dans les maladies de la peau. Sa dose est depuis deux livres jusqu'à quatre. On trouve aux Eaux minérales de Verdusan, des bains, des douches & des boues qui font les plus heureux effets en différentes maladies. (*a*)

____

(*a*) Voyez sur l'une & l'autre de ces Eaux le Traité des Eaux minérales de Verdusan, chez V A L A D E, Libraire, rue Saint-Jacques.

Eaux Thermales Sulfureuses de Barege.

Barege eſt un village placé au Pied des Pyrenées, à ſept lieues de Bagneres. Il a été recommendable dans tous les temps par ſes Eaux minérales, principalement par les bains & les douches qui ſont un tréſor pour l'humanité ſouffrante.

Les Eaux de Barege ſont fournies par pluſieurs ſources; elles ſont partout très-abondantes, très-limpides, onctueuſes, douces au toucher comme l'Eau de ſavon: elles charrient des floccons gras, mous, ſavonneux, de couleur cendrée. Les cuves & les pavés des bains ſont enduits de cette matiére.

Le goût ſulfureux des Eaux de Barege ſe ſoutient plus longtemps que leur odeur; il eſt doux, fade, déſagréable; cependant les Malades s'accoutument inſenſiblement à ces Eaux, & en boivent enſuite ſans répugnance.

La chaleur des ſources minérales de Barege n'eſt pas la même, celle du bain royal fait monter la liqueur du thermometre de Réaumur juſqu'au quarantiéme dégré & un quart: la chaleur du bain de Polar l'a fait monter juſqu'au trente-quatriéme; & celle du

bain de la Chapelle qui eſt le plus tem-
péré juſqu'au trente-deux ou trente-troi-
ſiéme dégré. On peut encore conſidérer
ces deux derniers dégrés de chaleur
comme très-forts, puiſqu'ils égalent ou
ſurpaſſent celui de la chaleur animale.

L'argent noircit dans les Eaux de
Barege : les bouchons des bouteilles qui
en contiennent, ſont toujours noirs :
deux livres de ces Eaux évaporées ne
rendent que trois grains de réſidu ſec
de couleur gris de cendre : c'eſt un vrai
foie de ſoufre terreux, formé de la
combinaiſon du ſoufre, avec une terre
abſorbante : ces Eaux contiennent ſi
peu de matiére ſaline, qu'on pourroit
penſer qu'elles n'en contiennent point ;
cependant le peu de réſidu obtenu par
les différentes expériences, imprime ſur
la langue un goût ſalé propre au ſel
marin.

Les Eaux de Barege ſont en général
inciſives, apéritives, diurétiques, ſu-
dorifiques, réſolutives, déterſives, vulnéraires ; & on les employe en boiſſon, en bains & en douches.

Ces Eaux priſes intérieurement ſont
propres à rétablir l'ordre des digeſtions
lorſqu'elles ſont dérangées : elles conviennent dans les empâtemens, dans

les bouffiffures, la jauniffe, les engorgemens, & les obftructions des vifcéres;
les Hyppochondriaques trouvent des fecours puiffants dans leur ufage : elles
font efficaces dans les affections vapo-
reufes : les afthmatiques en obtiennent de
bons effets : on peut y avoir recours
dans laphtifie tuberculeufe, dans la fuppuration qui fuccéde aux vomiques, &
dans les tubercules fuppurés : on doit
obferver cependant dans tous les cas
de fuppuration, que fi les Malades font
pléthoriques, ou fujets à des crachemens
de fang ; les Eaux de Barege provoquent
ce dangereux fymptôme : s'il a déja lieu,
il devient plus grave par leur ufage.
Ces Eaux conviennent dans le dérangement des régles, dans les dépôts laiteux,
tant internes qu'externes : elles font efficaces pour la guérifon des humeurs éré-
fypéllateufes, dartreufes, pforiques, &c.

Les bains & les douches des Eaux
de Barege ont acquis une célébrité méritée par leurs effets : les
bains ramolliffent la peau, excitent
la tranfpiration, favorifent les fécrétions, détergent les vieux ulcéres, ramolliffent & réfolvent leurs bords calleux, les cicatrifent ; ils remédient à la
carie des os, aux fiftules & à d'autres
maladies

maladies de cette nature. Ils rétablissent la souplesse des tendons, l'élasticité des des fibres musculaires, & des muscles roides & contractés. Ils sont propres à la guérison des rhumatismes, de la galle, des dartres, &c. On ne doit pas faire usage de ces remédes extérieurs dans les maladies de la peau sans avoir remé lié à leur cause interne, ou au vice général d'où elles proviennent.

Les douches de Barege divisent les humeurs rhumatismales, les diffipent & les guérissent, lorsqu'on les seconde à propos par la boisson des Eaux, ou par d'autres secours. Elles résolvent les tumeurs squirrheuses, les sérophuleuses, fortifient les membres débiles & paralysés, ramollissent les bords calleux des anciennes plaies, & en r'ouvrent les cicatrices imparfaites. Elles font principalement cet effet lorsque des corps étrangers ont resté dans les plaies, elles opérent leur extraction ; les plaies guérissent, & les cicatrices en deviennent parfaites.

Eaux thermales sulfureuses de Bagneres de Luchon.

Bagneres est un Bourg de la Vallée de Luchon ; c'est d'où il a pris sa dé-

nomination ; il eſt ſitué au pied des Pyrenées, à trois lieues de Saint-Beat,
& à cinq de Saint-Bertrand.

Douze ſources d'Eaux vives ſourdent
à Luchon. Huit de ces ſources ont un
dégré de chaleur qu'on ne ſçauroit ſou-
tenir dans le bain: deux élévent la liqueur du thermometre de Réaumur,
au vingt-uniéme dégré, & deux au
dix-ſeptiéme dégré. Les autres ont fait
monter la liqueur du même thermometre du quarante-uniéme au cinquante-
deuxiéme dégré.

Les Eaux de toutes les ſources minérales de Luchon ſont claires & limpides ;
elles ont un goût d'œufs couvés ; elles
ſont douces, graſſes, huilleuſes, ſavon-
neuſes, ſe mélent parfaitement avec le
lait, la bile & le ſang, & les tiennent
long-temps en diſſolution. Ces Eaux
diſſolvent le ſavon, le font mouſſer
très-promptement. Elles noirciſſent l'argent en peu de temps ; mais elles ne
font point d'impreſſion ſur l'or. Il s'ex-
hale des Eaux de Luchon, des vapeurs
abondantes & fortes qui ont l'odeur de
ſouffre & de bitume.

Toutes les Eaux de Luchon vont ſe
rendre dans un tuyau ſouterrein qui
leur devient commun, & forment une

espéce de bourbier, dont le fédiment
eft une couche épaiffe de trois à quatre
pouces d'une boue noire, douce, fine,
onctueufe. Cette vafe eft couverte d'une
couche légere, rouffâtre en certains endroits, & verdâtre en d'autres. Ces
deux couches font recouvèrtes d'une
troifiéme beaucoup plus confidérable
que la feconde ; elle forme un enduit
blanc & favonneux, femblable à la pâte
liquide dont on fait le papier.

La noix de galle noircit les Eaux de
Luchon, & ne donne qu'une couleur
rouffe à celles de Barege. Cette différence n'en fait point dans les qualités
de ces Eaux, ni dans celles des autres
fources thermales fulfureufes des Pyrenées; car elles ont toutes à-peu-près
les mêmes principes & les mêmes
vertus.

Les principes qui minéralifent les
Eaux de Luchon font un fouffre très
divifé, une terre bitumineufe très-fine,
moins d'un grain de fel marin par chaque livre, & felon un Chymifte éclairé,
à-peu-près la même quantité de fel de
Glaubert; ce que d'autres Chymiftes re-
gardent comme douteux.

Les Eaux de Luchon de même que
celles de Barege font apéritives, diu-

rétiques, diaphorétiques, réfolutives, déterfives, vulnéraires, propres pour les maladies de la peau, &c. Les bains & les douches ont également les mêmes propriétés, & conviennent aux mêmes maladies que ceux de Barege.

Eaux thermales fulfureufes de Cauterets.

Cauterets eft un Village de la Province de Bigorre, à fept lieues de Barege. Douze fources minérales fourniſſent aux bains. Elles ont différens dégrés de chaleur: celles de l'Eau des bains n'eft pas la même dans chaque bain : ces différences font marquées depuis le trente-quatriéme jufqu'au quarante-troifiéme dégré du thermométre de Réaumur.

Les Eaux minérales de Cauterets ont été foumifes aux mêmes expériences chymiques que celles de Barege ; on en a toujours obtenu les mêmes phéromènes, les mêmes réfultats : les Eaux de Barege & celles de Cauterets font également minéralifées par un *hepar fulfuris* : la feule différence entre les unes & les autres, eft, que celles de Cauterets dépofent plus de fouffre que celles de Barege.

On a abfervé que les qualités des Eaux de Cauterets fon les mêmes que celles de Barege, & que les unes & les autres produifent les mêmes effets, tant prifes intérieurement qu'appliquées extérieurement. Cependant on convient que l'ufage des Eaux de Cauterets laiffe à la bouche une légere féchereffe ; ce que ne font pas celles de Barege. D'ailleurs elles font plus diurétiques & moins fudorifiques que celles de Barege; elles perdent plus que ces derniéres dans leur tranfport en des Provinces éloignées de leurs fources.

On fait le même ufage des Eaux de Cauterets que de celles de Barege, tant en boiffon qu'en bains & douches dans les maladies internes, de même que dans les externes : on doit les ménager felon la différence des tempéramens, & felon la délicateffe des malades. On peut les couper avec du lait fi l'on craint qu'étant pures elles ne caufent de l'irritation dans les fibres membraneufes des premiéres voies. Leur dofe ordinaire eft de deux livres jufqu'à quatre : on les fait tiédir au bain marie.

Eaux thermales fulfureufes de Bonnes.

Les Eaux de Bonnes fourdent dans la

Vallée d'Ossau , Paroisse d'Aas , dans la Province de Bearn , vers le bas de la montagne de Cosme ; l'une des plus hautes des Pyrenées, à quatre lieues de Pau : ces Eaux forment quatre fontaines , dont trois sont en usage : la plus chaude des trois premieres sources l'est au vingt-huitiéme dégré du thermometre de Réaumur ; la seconde au vingt-uniéme , & la troisiéme au vingt-quatriéme : toutes ces sources contiennent les mêmes principes minéraux , & à-peu-près dans les mêmes proportions.

Les Eaux de Bonnes sont claires, limpides, onctueuses, grasses, savonneuses, spiritueuses, d'une odeur d'œufs cuits & non-couvés ; elles charrient des flocons blancheâtres , semblables à des glaires : elles déposent un sédiment jaunâtre, & noircissent l'argent : la noix de galle leur donne une couleur noire ; le résidu de leur évaporation est un foie de souffre terreux : une petite partie de ce résidu, qui, à peine peut faire un demi grain par livre d'eau, imprime sur la langue un goût semblable à celui du sel marin. Il en est de même des autres Eaux sulfureuses des Pyrenées.

Les Eaux de Bonnes ont acquis une célébrité très-méritée par leurs bons effets; elles sont dans leur espéce les plus douces des Pyrenées, & celles, qui supportent le transport avec moins de perte des substances qui les minéralisent.

On employe les Eaux de Bonnes avec le plus grand succès en boisson, en bains, & en douches : elles sont efficaces, prises intérieurement dans presque toutes les maladies chroniques de la poitrine, dans l'astme humide, dans les tubercules, & les ulcéres des poumons & des autres viscéres; dans les obstructions, les tumeurs & les désordres des sécrétions, dans les obstructions lymphatiques, dans la cacochimie, &c.

On se sert très-utilement des bains & des douches des Eaux de Bonnes, dans les rhumatismes & les douleurs chroniques de différentes espéces, dans les tumeurs, la contraction des muscles, les callosités, les exostoses, les cicatrices imparfaites, les ulcéres fistuleux, &c. Leur dose est comme celle des Eaux de Barege & de Cauterets.

Eaux thermales sulfureuses, anti-psoriques de Bilasay.

Les Eaux minérales de Bilasay sont très-abondantes ; elles sourdent en une paroisse de ce nom, dans la Province du Poitou ; le Bourg de Bilasay est situé à un quart de lieue de celui d'Oyron : ces deux Bourgs font diſtans de deux lieuës par l'Oueſt de la Ville de Thouars. Trois baſſins ſervent de réſervoir à ces Eaux : chaque baſſin eſt couvert d'une couche d'un gris cendré parſemée de groſſes bulles. Il s'éléve ſouvent du fonds des baſſins de très-gros jets d'eau, qui portent à la ſurface une boue noire très-puante ; c'eſt ce qui fait que ces Eaux ne ſont exacte-ment claires & limpides qu'après avoir ſéjourné quelque temps dans des vaſes (a).

L'odeur & le goût des Eaux de Bilaſay marquent au plus haut dégré, ceux du foie de ſouffre en diſſolution ; leur chaleur eſt à la ſurface des baſſins au vingtiéme dégré du thermometre de Réaumur ; elles ne gélent pas dans les plus grands froids.

L'Eau de Bilaſay, ſoumiſe aux ex-périences chymiques, préſente des phé-nomènes ſurprenants ; elle rend par la diſtillation une liqueur fétide, ſtercorale ; elle prend la même qualité quand elle eſt conſervée pendant longtemps dans

---

[a] Monſieur l'Intendant de Poitou a fait né-toyer les baſſins, & réparer les ſources ; les Eaux en ſont devenus plus claires, & le goût en eſt moins déſagréable.

des vaisseaux ouverts. Si l'on met cette Eau en évaporation à une chaleur douce: elle perd l'odeur d'hepar à laquelle a succédé celle d'urine putréfiée, &c.

Ces EAUX minérales sont sulfureuses : elles contiennent du foie de souffre à base calcaire, du sel de Glauber, du sel marin à base alkaline, du même sel à base terreuse & de la terre calcaire (a).

Ces principes des EAUX de Bilafay sont très-propres à leur donner les vertus qu'on leur a reconnues par des observations multipliées. Leur odeur vive & défagréable d'œufs pourris, leur saveur dégoûtante, le changement de cette odeur en une plus extraordinaire, sont des marques non équivoqes que ces EAUX abondent en principes volatils, incoercibles, dont il n'est possible de connoître la nature, que par les effets: les défagrémens du goût de ces EAUX sont compensés par les avantages surprenans qu'on en retire; d'ailleurs on s'accoutume aisément à leur usage.

Les EAUX de Bilafay sont apéritives, émollientes, laxatives & légérement

____

[a] Voyez le Traité Analytique des Eaux minérales, tome 2, chapitre 8, pag. 235.

purgatives : elles sont principalement
antipsoriques : elles ont joui sans douté
anciennemeut d'une réputation méritée;
mais elles n'étoient connues que du peu-
ple des lieux circonvoifins, lorsqu'on a
fait depuis quelques années des recher-
ches particuliéres sur leurs propriétés ;
les habitans des villages des environs
s'en font toujours fervis pour fe guérir
de la galle & d'autres maladies de la
peau : ils en ont fait ufage en boiffon,
en bains ou fomentations, &c. ils la-
vent dans ces Eaux les linges des enfans,
& par ce feul moyen, ils prétendent les
préferver fans inconvénient de croûtes
laiteufe, de boutons, de gerfures, &c.
Il a été confirmé que des perfonnes d'un
âge avancé ont été guéries des galles
rébelles en portant pendant quelque
temps des chemifes lavées dans l'eau de
Bilafay.

Un nombre d'obfervations faites depuis
trois ou quatre ans fur les effets de ces eaux
confirment fans équivoque, qu'elles en
font de furprenans dans toutes les maladies effentielles de la peau, qu'elles gué-
tiffent même les dartres rébelles effentielles. La boiffon de ces Eaux a déja opé-
ré un nombre de ces guérifons ; mais
celles-ci font plus promptes & plus affu-
rées, lorfqu'on la feconde par le moyen

des bains ou des lotions des mêmes eaux. On a guéri de la galle & d'autres maladies de la peau, par le moyen des seuls bains de Bilasay. On baigne les chiens galeux dans les déchargeoirs des bassins, & ils guériissent.

Ces eaux sont également propres à la guérison des galles du nez, des taches de rousseur, des ulcérations des paupiéres, des éruptions laiteuses, des crevasses du sein des nourrices, des écorchures des enfans & d'autres incommodités de ce genre. On remédie aux engorgemens phlogistiques externes par les bains ou par l'application de ces eaux, avec des compresses qu'on en a imbibées: elles sont spécifiques dans la cure des plaies récentes.

Lorsque les dartres, les galles ou d'autres éruptions de la peau doivent être considérées comme symptômes d'autres maladies principales, telles que la vérole, le scorbut, On ne sçauroit les guérir par les eaux de Bilasay, sans avoir remédié à leur cause par les rémédes propres à leur nature.

La dose ordinaire des eaux de Bilasay est depuis une chopine, ou une livre prise tous les matins, jusqu'à deux & trois livres pour les tempéramens robustes: on peut en faire prendre aux

enfans en proportion de leur âge : on
les coupe avec du lait lorſqu'on les fait
prendre à des malades qui ont le tempérament délicat , ſur - tout lorſqu'ils
ſont maigres ou ſuſceptibles d'irritabi-
lité , comme le ſont les femmes vaporeuſes.

Il eſt de la prudence de ne faire uſage
des EAUX minérales de Bilaſay , qu'après
des préparations convenables à l'état
des malades , & aux différentes circonſtances où ils ſe trouvent , tant en ce
qui concerne l'état [de la maſſe des
liquides , que l'ordre des digeſtions ,
des ſécrétions , & d'autres incommodités différentes dê celles qui exigent
l'uſage de ce ſecours.

*Eaux thermales ſulfureuſes & froides de
Plombiéres.*

Plombiéres eſt un Bourg ſitué dans
cette partie de Voge - Lorraine qui con-
fine à la Franche-Comté , à deux lieues
de Rémirémont. LE Bourg de Plombiéres eſt riche en ſources minérales qui
ont joui dans tous les temps d'une
grande célébrité : ſept ſources principales fourniſſent les EAUX chaudes qui
ſont les plus en uſage.

Outre les ſources principales de

Plombiéres, il en exifte dans le Bourg & au dehors, un nombre d'autres qui font chaudes à différens dégrés. Ces fources fourdent dans les maifons des particuliers, dans le lit du ruiffeau, fur la route de Rémirémont & ailleurs; on fait peu d'attention à ces fources, parce que les principales fourniffent abondamment aux befoins des malades, & aux ufages domeftiques: on remarque encore à Plombiéres des fources qu'on appelle froides, parce qu'elles font moins chaudes que les autres, & favonneufes, parce qu'on y découvre une fubftance pefante, douce au toucher, & comme favonneufe, ces fources ne font ni froides, ni favonneufes: il eft des jours où l'eau eft évidemment tiéde, & fe diffipe en vapeurs. La fubftance qu'elles contiennent, & que l'on croit mal-à-propos favonneufe n'eft qu'une vraie argile gypfeufe.

La chaleur des eaux thermales de Plombiéres eft exactement variée: elle n'eft jamais la même d'une fource à l'autre: la différence de ces fources eft depuis le dégré de l'eau tiéde jufqu'au cinquante-fixiéme du thermométre de Réaumur.

Les principes minéraux fixes des

Eaux de Plombieres font de fi peu de conféquence & en fi petite quantité, que des Chymiftes célébres ont cru que leur vertu confiftoit plutôt en leur chaleur qu'elle ne provenoit de leurs principes : les expériences faites par les réactifs n'y découvrent point de principe minéral diftinct.

On n'a obtenu par l'évaporation de cinquante livres de ces Eaux, que vingt-quatre grains de terre argilleufe, & dix-huit grains d'un fel de nature alkaline.

Les Eaux de Plombiéres ont acquis une trop grande célébrité pour ne pas l'avoir méritée. Elle étoit établie long-temps avant la Monarchie Françoife, puifque l'on trouve à leur fource des monumens de l'ancienne Rome. Des obfervations fans nombre ont éternifé les bons effets de ces Eaux dans des maladies de plufieurs genres. Dans ce fiécle même, elles méritent de plus en plus la confiance du Public par les guérifons qu'elles opérent.

D'après ces confidérations, pourroit-on ne pas accorder aux Eaux de Plombiéres des principes minéraux qui fe refufent à nos fens, puifque ceux qu'on y découvre ne fçauroient leur donner les qualités qui leur font reconnues.

Les Eaux minérales de Plombiéres prifes en boiffon font propres à tous les âges, après celui de fept ans: elles conviennent dans les maladies qui proviennent de la denfité dès fluides, principalement de la bile & de la partie blanche du fang : elle rémédient aux inappétances, aux naufées, au vomiffement ; elles conviennent dans le cas où l'ordre des fécrétions eft dérangé où perverti : dans les obftruations du foie, de la rate, du méfentére, & des autres vifcéres du bas-ventre : la dofe des Eaux thermales & des froides de Plombiéres eft de deux livres jufqu'à quatre : les propriétés des unes & des autres font les mêmes.

Les bains de Plombiéres font très-efficaces pour opérer la guérifon des obftruations des vifcéres, des tumeurs, des rhumatifmes : ils ramolliffent la peau, favorifent la tranfpiration, & l'excitent lorfqu'elle eft rallentie où fupprimée. Ils rétabliffent la foupleffe des fibres nerveufes & des mufcles trop tendus, engorgés ou contractés.

Les douches & les étuves font propres aux mêmes maladies que les bains, & leur font préférables dans certaines

circonſtances qui doivent être déter-
minées par des gens de l'art.

EAUX SALINES FROIDES

Eaux ſalines froides de Sedlitz.

Sedlitz eſt un village de Bohême, à
deux mille de Tæplitz. Ce village eſt
devenu fameux par les Eaux minérales
qu'Hoffman fit connoître en 1721.
Le Eaux de *Sedlitz* ſont limpides & très-
améres: elles ſont chargées d'un ſel qui
les rend purgatives: on retire de douze
onces de ces Eaux, deux gros d'un ſel
amer, neutre, ſemblable au ſel dép'om:
leur doſe ordinaire étoit du temps d'Hoffman, de demi pinte ou d'une livre. Il
a obſervé dans ſes ouvrages, que trois
ou quatre taſſes à thé ſuffiſoient pour
purger, & qu'il n'en falloit guéres plus
d'une pinte pour le plus fort tempérament.

Il paroît par l'effet actuel de ces
Eaux, que depuis Hoffman: elles ont
perdu de leur vertu purgative, puiſqu'il
en faut une pinte pour les tempéramens médiocres & quelquefois davan-
tage.

La principale vertu des Eaux de
Sedlitz eſt d'être inciſives, réſolutives,
toniques & purgatives. Hoffmann les
regardoit comme très-ſtomachiques, &
les conſeilliot ſur-tout aux hypochondriaques, & pour les conſtipations obſ-
tinées.

Eaux ſalines froides de Seidchutz.

Les Eaux minérales de Seidchutz,
ſourdent en Bohême, auprès du Village
de ce nom, à un quart de lieue audeſſus de Sedlitz: elles ſont très-abondantes & ſemblables à celles-ci, à l'exception que la ſaveur en eſt un peu plus
ſaline & qu'elles contiennent par douze
onces, dix grains de ſel de plus que
celles de Sedlitz. Hoffman eſt per-
ſuadé que la ſource de celle-ci eſt une
continuation de l'autre. Il en donne
pour raiſon, que la ſource de Seidſchutz étant plus élevée que celle de
Sedlitz eſt moins expoſée à l'eau de
pluie & au mêlange d'autres Eaux.

Les Eaux de Seidſchutz ſont imbues
des mêmes principes, & ont les mêmes
propriétés que celle de Sedlitz, à l'exception qu'elles ſont un peu plus purgatives, à raiſon du ſel amer qu'elles
contiennent de plus que ces derniéres

Eaux minérales, falines froides de Pouillon.

Les Eaux froides de Pouillon font fituées dans la Paroiffe & Communauté de ce nom, à une lieue & demie de Dax. Elles fourdent en bouillonnant du fonds d'un petit baffin, placé dans une efpéce de défert qui n'a rien de défagréable : leur furface eft parfemée d'un nombre de bulles : il eft des temps où elles en font totalement couvertes ; il s'en élance fenfiblement des jets vifs & petillants : ces Eaux font claires ; elles laiffent à la bouche un goût falé & légèrement martial : des reftes de vieux bâtimens qui fubfiftent encore près de la fontaine font des marques non équivoques qu'autrefois ces Eaux ont été fréquentées.

Trois Chymiftes célébres ont fait en différens temps l'Analyfe des Eaux de Pouillon : ils ont unanimement convenu que le fel qui leur donne leur vertu purgative, eft un fel marin à bafe alkaline : elles contiennent auffi une partie de félénite : ils n'ont pas pu calculer exactement la quantité de fel purgatif qui entre dans chaque livre d'eau : cette variéte des fubftances minérales ne doit pas furprendre, parce qu'elle dépend du feu employé à l'évaporation. D'ailleurs il se fait toujours quelque perte qui est plus ou moins grande selon la maniére dont on fait les filtrations, les séparations, &c. Il paroît cependant que les Eaux de Pouillon contiennent par livre au moins un gros & demi de sel purgatif.

On a reconnu par des observations multipliées que les Eaux de Pouillon sont stomachiques, laxatives, catartiques, diurétiques, dissolvantes, apéritives, résolutives, toniques, fébrifuges, antiseptiques, emmenénagogues.

Les Eaux de Pouillon purgent les personnes d'un tempérament médiocre à la dose de deux livres ou d'une pinte, & les robustes à la dose de troi livres ou de trois chopines: une livre de ces Eaux suffit pour les enfans de sept à huit ans; & on n'en fait prendre que sept à huit onces aux enfans de trois ou quatre ans. Quand on prend ces Eaux comme purgatives, on en boit un verre chaque quart-d'heure, jusqu'à ce qu'on ait pris la dose convenable au tempérament: on en boit à la source des doses bien plus fortes sans aucun inconvénient.

Ces Eaux purgent puiſſamment ; cependant on en peut prendre trois ou
quatre jours de ſuite ſans crainte de
s'affoiblir ; comme elles ſont également
toniques & ſtomachiques : elles ſoutien-
nent le ton des fibres , ne cauſent jamais
des ſuperpurgations , des tranchées , des
coliques , pas même des irritations.

Il eſt inutile de prendre d'autre boiſſon
lorſqu'on ſe purge avec les Eaux de Pouillon , & il eſt permis de déjeûner une
heure & demie ou deux heures après les
avoir priſes.

On obſervera de les prendre ſimple-
ment dégourdies ou chauffées très-
légèrement au bain marie , pour con-
ſerver leur principe volatil , qui rend
leurs vertus plus actives & plus éner-
giques : on pourroit même les prendre
froides ſans inconvénient.

Les Eaux de Pouillon étant données
comme purgatives , diſſipent les nauſées
& les envies de vomir : lorſque l'on ne
peut pas prendre des émétiques , ou que
l'on en craint les effets violens ; on y
ſuppléera en faiſant uſage de ces Eaux
trois ou quatre jours de ſuite ; elles ont
une vertu ſinguliére pour rétablir des
eſtomachs dérangés.

Lorſque l'on boit des Eaux de

Pouillon comme altérantes, on en prend tous les matins une chopine, ou trois demi - fepriers, pendant quelques jours, & enfuite on fe purge avec les mêmes Eaux en en prenant de plus fortes dofes. On continue cet ufage alternativement felon les indications.

On a guéri avec les Eaux de Pouillon, en fuivant cette méthode, des fiévres intermittentes des lentes, des maux de tête habituels, des dérangemens de différentes efpéces de l'ordre des digeftions, des afthmes humides, des affeétions hypochondriaques, des jaunifles, des pâles couleurs, des anarzarques, des rhumatifmes laiteux, des infiltrations & des dépôts laiteux aux mammelles.

On concevra aifément par ces effets des Eaux de Pouillon, & par les maladies auxquelles elles font propres, combien elles font préférables à celles de Sedlitz & de Seidfchutz : elles font également purgatives ; d'ailleurs elles font propres à différentes maladies pour lefquelles on n'employe pas celles de Bohême. Ces derniéres font tranfportées de trois cent lieues par des voituriers infidéles, au lieu que celles de Pouillon font dans le Royaume, &

fous les yeux de la Commiffion Royale de Médecine, qui veille fans relâche à l'exactitude & à la fidélité de leur tranfport *(a)*.

Eaux froides falines de Valz des fources appellées la Marquife & la Dominique.

Valz où fourdent les Eaux minérales connues par ce nom, eft un Bourg du Vivarais, à quatre lieues de Langogne, à fix de Viviers, & à neuf du Puy en Velai. Ce Bourg eft riche en fources minérales; on y en compte cinq principales qui font fituées auprès du torrent de la Volane. La fource la plus près du Bourg, appellée la *Marie* eft avant le ruiffeau ; la Marquife, la Saint-Jean, la Dominique & la Camufe font de l'autre côté du ruiffeau. Nous ne ferons qu'indiquer les principes & les propriétés de la Marquife, parce qu'elle eft généralement connue par le commerce qui fe fait des Eaux de cette fource à Paris & dans les Provinces. Comme les vertus de la Dominique ne

____

(a) Voyez, concernant ces Eaux & leur propriété, le Traité Analytique des Eaux minérales, tome 2.

font connues que par le Traité Analytique des Eaux minérales (a) nous en ferons mention, afin que le Public ne foit point privé du fecours qu'il peut en tirer.

Eaux Minérales falines froides de la Fontaine de Valz, appellée la Marquife.

L'Eau de la Fontaine la Marquife eft claire, limpide & plutôt falée qu'aci-dule; elle contient par livre du fer en très-petite quantité, fept grains & demi de terre abforbante, demi-grain de terre vitrifiable, huit grains de fel ma-rin,& cinquante-fix grains d'alkali marin. Toutes les Fontaines minérales de Valz contiennent à-peu-près les mêmes prin-cipes minéraux; mais en différentes pro-portions.

L'Eau de la Marquife eft laxative, pro-pre à défobftruer les vifcéres du bas-ventre, & à rétablir l'ordre des digef-tions. On s'en fert utilement dans les affections hypochondriaques, dans la jauniffe, les pâles couleurs, dans les fiévres intermittentes, rébelles, & dans les différentes efpéces de cacochimie.

(a) Tome 2.

Eaux minérales salino-vitrioliques froides de la Fontaine de Valz appellée, la Dominique.

L'Eau de la Fontaine la Dominique qui est la moins abondante des Fontaines de Valz, est âpre, styptique, désagréable à boire, & pesante à l'estomach; sa saveur est piquante & vitriolique.

Cette Fontaine est peu connue; il semble même qu'on craigne les effets de son Eau; mais ce ne peut être que parce qu'on ignore ses propriétés qui n'ont été détaillées d'après leurs principes que dans le second volume du Traité Analytique des Eaux minérales.

L'Eau de la Dominique ayant été traitée par des expériences exactes, a donné par pinte un grain & demi, & un quatorziéme de grain de fer; quatre grains & un dixiéme de grain de terre argilleuse, & environ vingt grains & demi de sels, dont les trois quarts sont du vitriol martial, & l'autre quart est de l'alun.

On voit par ce résultat des expériences chymiques, faites sur les Eaux de la Dominique de Valz, qu'elles tiennent leur vertu du vitriol, & de l'alun, & que chaque livre de ces eaux contient

deux

deux grains & demi d'alun , & sept grains & demi de vitriol martial.

Le vitriol & l'alun donnent à ces EAUX la propriété de faire vomir à la dose de deux ou trois verres. Cet effet ne peut provenir de leurs principes fixes ; ils ne pourroient procurer tout au plus qu'un vomissement très modéré : on doit donc attribuer une partie de l'action émétique des EAUX de la Dominique de Valz, à un fluide, elastique minéral , incoercible , dont elles sont imbues.

Les EAUX de la Dominique de Valz, conviennent dans les cas où la fibre est lâche & humide, dans les dérangemens d'estomach qui proviennent du relâchement de ses fibres membraneuses,& dans les maladies chroniques qui dépendent de pareilles causes.

On les donne avec succès pour faire vomir dans les fiévres intermittentes dont le foyer est dans les premiéres voies. On peut les faire prendre à petite dose dans les hemorragies, & même dans les pertes rouges des femmes, dès qu'on a lieu d'en craindre l'épuisement des liquides ou la tonie des solides : elles sont propres dans le cours de ventre séreux , dans les sueurs colliquatives scorbutiques:elles sont essen-tielles dans les affections vermineuses, lorfqu'elles ne font pas accompagnées de maladies aigues, ni de difpofition inflam-matoire dans les entrailles.

La plus forte dofe des Eaux de la Do-minique eft celle à laquelle elles font vo-mir : cette dofe eft de deux verres, faifant environ quinze ou feize onces. Si cette dofe ne fuffit pas, on en fait prendre un troifiéme verre : on doit en ufer comme de l'émétique, & en ménager la dofe felon fes effets.

Dans tous les cas où l'on n'employe ces Eaux que comme puiffamment toniques, aftringentes & vermifuges : on les donne alors à la dofe de quatre, cinq, ou fix onces, deux, trois ou quatre fois dans les vingt-quatre heures, felon que l'éxi-gent les fymptômes, de la maladie : com-me la dofe de ces Eaux doit être variée, felon leur effet, & felon les indications qui fe préfentent, il n'eft que les gens de l'art qui puiffent la déterminer felon les circonftances.

Eaux minérales froides falines, fimples de Contrexeville.

Les Eaux minérales de Contrexeville fourdent, près du Village de ce nom, fitué dans la Lorraine, à quatre lieues de Neufchâteau. Cette fource eft très abondante : l'eau en est transparente : elle n'a point d'odeur sensible; mais on lui trouve une saveur salée, douceâtre, très-légére, & un petit goût de rouille qu'elle perd dans le transport.

De cinquante livres d'Eaux minérales de Contrexeville, on a obtenu par l'évaporation deux onces demi-gros, & quinze grains de résidu, ce qui fait environ quarante-huit grains par pinte de Paris. La plus grande partie de ce résidu consiste en sélénite, & en terre calcaire; & la moindre en sel de Sedlitz & en sel marin; & tout au plus en un grain de fer par pinte d'eau.

La quantité respective des principes minéraux des Eaux de Contrexeville, n'ayant pu encore être déterminée par les Chymistes, nous nous en tiendrons aux qualités qui leur sont connues, & qui ont été confirmées par l'observation.

Les Eaux de Contrexeville, de même que toutes les Eaux salines sont apéritives, toniques, diurétiques, & principalement efficaces dans les maladies graveleuses & glaireuses, des reins & de la vessie : il existe plusieurs observations exactes de leurs bons effets dans des maladies de cette espéce. On en fait usage comme des autres Eaux minérales, salines simples, & à la même dose d'une pinte & demi à deux pintes. On doit les continuer pendant longtemps, si l'on veut en obtenir les effets qu'on a lieu d'en attendre.

EAUX MINERALES FROIDES ACIDULES.

Eaux minérales froides acidules de Seltz ou Selters.

Seltz est un Bourg du Palatinat du Rhin, dans l'Electorat de Treves en Alsace : il est situé à l'embouchure de Selsbach dans le Rhin ; le Bourg de Seltz est éloigné de neuf lieues de Strasbourg, douze de Mayence, & de dix de Francfort.

Les Eaux minérales de ce nom, sourdent, à deux cent pas ou environ du Bourg du Bas-Selters, dans un vallon long & étroit. La source qui fournit l'eau de Seltz est abondante ; elle enduit le tuyau par lequel elle se répand d'un dépôt jaunâtre : elle est claire, limpide, piquante au goût & pénétrante : sa surface dans le bassin est couverte de petits jets très-sensibles.

Fédéric Hoffman, a attribué aux Eaux de Seltz un esprit éthéré, volatil minéral,

& un fel alkali pur. M. Venel, dont la célébrité eft généralement reconnue, a démontré, que le principe fixe des Eaux de Seltz eft un vrai fel marin, & non pas un alkali pur, comme Hoffman l'avoit établi.

On obtient encore des Eaux de Seltz, par le moyen des expériences chymiques, une très-légere portion de terre abforbante; & un peu de fel femblable par fa criftallifation au fel de Glauber, dont l'acide paroît être le même que celui du fel marin. Quoiqu'il en foit de ces principes, M. Venel conclut que leurs différences ne font qu'un plus ou moins qui n'ont pu l'empêcher de qualifier ces Eaux de fimple diffolution de fel marin.

L'Eau minérale de Seltz foutient le ton du genre nerveux, divife la lymphe trop denfe, & favorife l'ordre des digeftions: elle eft apéritive, & diurétique. On la prend avec fuccès coupée avec du lait, & on peut en boire au repas à la place de l'eau commune; le vin par fon mêlange avec l'eau de feltz prend une qualité fupérieure à celle qui lui eft propre: la dofe de ces Eaux, quand on les prend chez foi ou à la fource eft de deux livres jufqu'à quatre: on ne fait point chauffer les Eaux

acidules, elles perdroient de leur fluide
élaftique & de leurs propriétés.

Eaux minérales froides acidules de faint Myon.

Saint Myon eft un Village de la Province d'Auvergne, fitué à deux lieues
de Riom. Il eft célébre dans tous les Pays
circonvoifins, par les Eaux minérales de
ce nom qui fourdent dans le lieu même.
Ces Eaux font abondantes, extrêmement claires, tranfparentes, d'un goût
piquant & acidule : elles forment de
groffes bulles fur leur furface qui
fe réduifent en floccons; elles pétillent
& dépofent fur les bords de leurs ré-
fervoirs, un fédiment orangé.

Chaque livre d'Eau minérale de faint
Myon contient feize grains de matiére
faline, dont treize font un alkali minéral gras, très-favonneux, & deux
grains ou environ de fel marin de cui-
fine ; fix grains de terre calcaire, &
deux grains de terre vitrifiable : elles
contiennent d'ailleurs une quantité confidérable de fluide élaftique.

Les principes qui minéralifent les
Eaux de faint Myon, les rendent fto-
machiques, tempérantes, rafraîchif-
fantes, apéritives, diurétiques, diapho-

rétiques, vulnéraires, anti-scorbutiques, anti spasmodiques.

On fait principalement usage de ces Eaux dans les maladies de langueur , dans la cacochymie , dans la cachexie, la phtisie nerveuse : on les employe utilement lorsque les régles sont trop abondantes , dans le flux hémorroïdal excessif , & dans les gonorrhées vénériennes. Elles facilitent la digestion des femmes grosses , modérent leurs langueurs, &c. &c.

Il est des cas où les Eaux de saint Myon , coupées avec du lait d'ânesse font des effets surprenans : elles remédient principalement par ce mélange aux affections nerveuses, à la cacochymie , la cachexie , l'échauffement des entrailles ; aux anxiétés, à la toux séche & importune, aux insomnies , &c. (a).

La dose ordinaire des Eaux de saint Myon étant transportées & à la source, est de deux livres jusqu'à quatre : on peut en boire aux repas, & même avec un peu de vin qui prend de ce mélange une saveur agréable & des vertus utiles.

---

[a] Voyez le Traité Analytique des Eaux minérales.

Les Eaux de saint Myon sont préférables à celles de Seltz ; elles sont propres à plusieurs maladies, auxquelles on
n'employe pas les Eaux de Seltz, & à
celles pour lesquelles on en fait usage (a).

Eaux minérales froides, acidules de Langeac.

Les Eaux minérales de Langeac sont
situées au bord d'une petite prairie à
demi-lieue de Langeac, Ville de la haute
Auvergne. A quelques pas du hameau
de Brugeirou, à une lieue de l'Abbaye
de Pebrac, à dix lieues de Saint-Flour,
& à sept du Puy-en-Velai.

Ces Eaux qui sourdent dans un bassin,
sont fraîches, claires, limpides & sans
odeur ; ferrugineuses acidules & très-
agréables à boire : elles ont le montant
du vin de Champagne mousseux.

Les Eaux minérales de Langeac sont
imbues d'un fluide élastique, ou principe
volatil très-abondant. Elles contiennent
par livre d'Eau quatre gains de terre
absorbante ou calcaire ; un grain de
terre martiale très - divisée, & douze
grains d'alkali minéral savonneux.

Les Eaux de Langeac ne différent de

____

celles de Seltz & faint Myon, qu'en ce qu'elles ont un principe martial plus marqué qu'il ne l'est dans les autres, & qu'en cela elles font plus apéritives, plus toniques, & plus propres à remédier aux engorgemens & aux obstructions des viscéres du bas-ventre; à soutenir le ton des fibres du système membraneux, & à le rétablir lorsqu'il est relâché. Les Eaux de Langeac font très-propres à diviser la lymphe trop dense, & à faciliter la circulation de la masse des liquides, à soutenir l'ordre des digestions, des sécrétions, & à le rétablir lorsqu'il est dérangé: elles font efficaces dans les affections melancoliques, & les hyppochondriaques, dans les pertes des femmes, causées par des obstructions, dans les pâles couleurs, dans la jaunisse. Les Eaux de Langeac font très-efficaces dans les fiévres lentes qui proviennent d'obstructions, & dans les intermittentes: comme leur principale qualité est d'être apéritives & diurétiques, elles font souveraines dans les maladies des reins & de la vessie, qui dépendent de matiéres glaireuses, &c. La dose de ces eaux est la même que celle des autres eaux spiritueuses de deux livres jufqu'à quatre, ou d'une pinte, mefure de Paris jufqu'à deux (*a*).

Eaux miéérales, froides, acidules de Spa.

Spa, eft un Bourg du Marquifat de Franchimont, au païs de Liége, éloigné de fix lieues de la capitale de ce nom. Ce Bourg eft riche en fources Minérales, on y en compte fept, elles font tontes acidules, fpiritueufes, abondantes & minéralifées par les mêmes principes ; il y a cependant une différence fenfible dans ceux-ci, quoiqu'en général ils foient tous de la même nature. Le principe volatil de l'Eau de la Geronftere eft le plus actif & le plus abondant, il s'en fépare fi aifément, que quand on la tranfporte dans des boureilles quelqu'exactement bouchées quelles foient, il fe diffipe prefque totalement en un quart-dheure ; ce principe fe conferve plus long temps dans l'eau des fix autres fources. Celle de la Fontaine de *Pouhon*, eft la feule qui puiffe être tranfportée fans perdre de fes vertus.

La Fontaine connue fous le nom de

[*a*] Voyez le Traité Analytique des Eaux minérales, Pag. 57.

Pouhon, eſt ſituée vers le milieu du Bourg; ſa ſource ſort des fentes d'un Rocher, d'où elle coule dans un baſſin qui contient pluſieurs tonnes. L'Eau de cette Fontaine de même que celle des autres, eſt claire & limpide, & tellement ſpiritueuſe, qu'elle eſt couverte de jets pétillans & nombreux, qui s'élevent dans le baſſin à pluſieurs pouces audeſſus de ſa ſurface. La ſaveur de l'Eau de *Pouhon* eſt acide & ferrugineuſe; l'Eau des autres Fontaines de Spa, a dans chacune un goût qui eſt particulier & qui les diſtingue entr'elles.

Les principes fixes des Eaux de Spa, ſont de la terre abſorbante, une autre terre qui conſtitue la baſe du ſel d'epſom, & une terre argilleuſe, du fer & un peu de ſel alKali.

On conçoit par les principes qui minéraliſent les Eaux de Spa, que leurs principales vertus, ſont d'être rafraîchiſſantes, apéritives, diurétiques, ſtomachiques, antiphtiſiques.

Elles conviennent dans tous les cas où la fibre eſt relâchée, dans les palpitations de cœur, dans les dérangements de l'eſtomac, les degoûts, les affections vaporeuſes; ſur-tout dans la mélancolie. Ces Eaux font propres à levér les obftructions, à guérir les fleurs blanches, à exciter & rétablir les régles dérangées, dans l'ordre de la nature. On les prend pendant plufieurs jours, le matin à la dofe de deux jufqu'à trois & quatre livres.

Eaux minérales, froides, acidules de Buffang.

Les Eaux minérales de Buffang fourdent près d'un village du même nom dans les montagnes des Voges, fur les confins de l'Alzace & de la Franche-Comté, fur la route d'Arches & de Remirémont; cinq fources qui fortent d'un Rocher fourniffent ces Eaux, dont deux font fort en ufage, principalement celle qu'on nomme l'ancienne; cependant elles font toutes de la même nature.

Les Eaux de Buffang font limpides; elles pétillent quand on les verfe dans un verre, de même que le bon vin de de Champagne; elles ont un goût piquant & aigrelet, elles font d'ailleurs auffi légeres que l'eau la plus pure.

Le fond des baffins de ces Eaux, leurs parois, les endroits par où elles s'écoulent, font enduits d'une matiére

rougeâtre , qui approche de l'ochre par
fa couleur & fa confiftance.

Il refulte des analyfes exactes qu'on
a faites de ces Eaux, & de l'examen
de la matiére féche qui refte après l'en-
tiére évaporation , qu'elles font impreg-
nées abondamment d'un fluide élaftique
qui leur caufe fouvent des variations
fenfibles ; quelquefois d'un jour à l'autre & même du matin au foir: le goût
en eft plus fort & elles prennent les
teintures plus fortes, & plus prompte-
ment dans l'hyver que dans l'été.

Les principes fixes des Eaux de Buffang , font du fer, du natrum, du fel
marin , de la terre calcaire & de la
magnefie. La totalité de ces minéraux ,
eft d'environ vingt-fix grains par pinte
ou par deux livres. Le fer qu'elles
contiennent par chaques deux livres ,
n'eft que d'environ un grain ; la proportion des matiéres falines & terreftres
eft à peu près la même.

On prend les Eaux de Buffang froides , feules , ou coupées avec du
lait , felon les circonftances & les
maladies pour lefquelles on en fait ufage ; on peut en boire aux repas, ou
pures , ou avec un peu de vin , dont
elles réhauffent la qualité. Quand on

les prend le matin, leur dofe ordinaire eſt de deux à quatre livres, ou d'une à deux pintes, meſure de Paris.

Les Eaux de Buſſang ont la propriété de diviſer la lymphe trop denſe & d'en favoriſer la circulation ; elles ſont ſtomachiques & efficaces dans les obſtructions des viſceres, dans les maladies des reins & de la veſſie, dans les affections hypocondriaques & nerveuſes, étant coupées avec du lait ; elles ont réuſſi dans les coliques bilieuſes invétérées, dans les vomiſſemens ſpaſmodiques, dans les cours de ventre diſſentériques, dans les rhumatiſmes, la ſçiatique, &c.

Eaux minérales, froides, acidules de Pougues.

Pougues, eſt un Bourg ſitué dans le Nivernois, ſur la grande route de Paris à Lyon, à deux lieues de Nevers, à quatre lieues de la Charité,& à une journée de Moulins & de Bourges.

La fontaine Minérale de Pougues, eſt dans une prairie à quatre cent pas du Bourg, elle eſt entourée d'un quarré de murailles de vingt-cinq à trente pieds de circonférence, le puits qui contient les Eaux, eſt entouré de pier-

res de taille ; il a trois pieds de dia-
metre, & plus de vingt de profondeur.

Cette source est abondante, les Eaux
en sont claires, limpides, & bouillonnent
continuellement. Il s'en détache sans
interruption une grande quantité de bulles & de jets pétillans, qui frappent
sensiblement la main quand on l'étend
à dix ou douze pouces au dessus de la
surface de l'eau.

Les principes qui minéralisent les
Eaux de Pougues, consistent selon des
expériences très exactes, en un fluide
élastique très-abondant, en une terre absorbante, dont la quantité fait environ douze grains de matiere saline ;
dont la plus grande partie est un alkali minéral avec une portion de sel marin.

Les Eaux de Pougues sont laxatives
par les garde-robes, quand on en fait
un usage continué pendant plusieurs
jours. Elles sont aussi apéritives, diurétiques & toniques. Elles conviennent
dans les maladies qui proviennent d'obstructions ; on les employe avec succès
dans les nephrétiques, dans les ardeurs
d'urine, dans les écoulemens gonorroi-
ques invétérés, dans la mélancolie hys-
térique ; elles sont spécifiques dans les

dérangements des fonctions de l'estomac, dans les coliques & les vomisse-
ments, les migraines & les douleurs
de tête invétérées. On prend les Eaux
de Pougues, froides, de même que les
autres Eaux acidules, & leur dose est
également de deux livres jusqu'à quatre.

EAUX MINERALES, FROIDES, FERRUGI-
NEUSES.

Eaux minérales, froides, ferrugineuses de Forges.

Forges, est un bourg de la Province
de Normandie, situé dans le païs de
Bray, à vingt-cinq lieues de Paris &
dix de la Ville de Rouen. Les Fontaines minérales de Forges sont au nombre
de trois; leurs Eaux sourdent au cou-
chant du Bourg, dans un Vallon or-
né d'une allée garnie de beaux Arbres.

Les trois Fontaines de Forges, sont
distinguées par les trois noms suivants,
la *Reinette*, la *Royale*, la *Cardinale*.

La Reinette est la plus abondante;
les Eaux en sont naturellement très
claires; cependant elles charient des
paillettes roussâtres qui n'altèrent point

leur limpidité. La *Royale* donne plus d'Eau que la *Cardinale*. l'Eau de cete source est fort claire de même que celle des autres. On y découvre sensiblement l'odeur & le goût du fer, avec un peu d'âpreté & d'astriction ; d'ailleurs elle est plus froide que la Cardinale.

L'Eau de la *Cardinale*, qui est la moins abondante des sources Minérales de Forges, a une odeur & un goût de Fer encore plus sensible que ceux de de la Royale, elle est impregnée d'un principe minéral plus abondant que celui des deux autres Fontaines.

Toutes les expériences faites sur les Eaux de Forges, concourent à démontrer qu'elles sont ferrugineuses ; cependant elles different entre elles, en ce qu'elles font moins chargées les unes que les autres de principes minéraux. La Reinette en contient beaucoup moins que la Royale, & celle-ci moins que la Cardinale qui en est la plus chargée. Les qualités des Eaux de ces trois Fontaines different aussi selon le plus ou le moins d'abondance de leurs principes minéraux.

La grande réputation des Eaux minérales de Forges, paroit leur suppoſer

des principes fixes abondants; cependant un chymiste célébre ayant soumis
à l'évaporation, en mil sept cent soixan-
te-douze, vingt-quatre pintes de l'Eau
de la Cardinale, n'en obtint que dix-
huit grains de terre abforbante & deux
grains de fel marin à bafe terreufe; ce
qui fait par chaque livre d'eau à peu-
près trois huitiémes de grains de mars,
un fixiéme de grains de terre abforbante & un vingt-quatriéme de grain
de fel marin.

On ne peut élever de doute fur les
bons effets que produifent les Eaux de
Forges dans plufieurs maladies. Des obfervations exactes & multipliées, les confirment; mais peut-on penfer que des propriétés auffi précieufes à l'humanité,
puiffent être attribuées à fi peu de principes fixes? on doit donc fe laiffer con-
vaincre que les Eaux minérales ont des
principes volatils, incoercibles, de la nature des fixes que l'on y découvre par
l'analyfe, & que c'eft à cet agent fpi-
ritueux qu'on doit principalement attribuer leurs propriétés. La dofe des
Eaux de Forges eft depuis une pinte
jufqu'à deux.

L'Eau de la Reinette rafraîchit, divife la lymphe trop denfe & foutient

le ton des fibres organiques; celle de la Royale, est apéritive, diurétique & quelquefois purgative. l'Eau de la Cardinale a toutes les propriétés de la Royale, on n'en fait usage que dans les maladies qui exigent des secours puissants.

On se sert utilement des Eaux de Forges dans toutes les especes de néphré-tique, pourvû que l'abdomen ne soit pas météorisé, qu'il n'y ait point de fiévre, de phlogose, ni de douleur dans les visceres. Ces Eaux réuffiffent dans les obstructions lymphatiques & bilieu-fes; elles relevent le ton organique re-lâché des membranes de l'estomac & des entrailles, elles rétabliffent l'ordre des digestions & en foutiennent l'é-nergie.

Elles font efficaces dans les fiévres intermittentes, rébelles, dans les diffé-rentes especes d'afthme, dans les maux de tête cephalalgiques, dans les migrai-nes, les vertiges & les difpofitions à l'apoplexie.

Les Eaux de forges, font un remé-de efficace dans la jauniffe, dans les pâles couleurs, les cachexies, dans les affections hyppochondriaques ; elles conviennent dans la fuppreffion des ſecours periodiques des femmes, dans le dérangement de ce ſecours néceſſaire, dans les pertes rouges & les blanches, lorſqu'elles dépendent d'obſtructions dans les viſcères, ou du relâchement des fibres membraneuſes des vaiſſeaux.

Eaux minérales, ferrugineuſes, froides de Paſſy.

Paſſy, eſt un Village ſitué audeſſous de Paris, ſur la route de Verſailles, & à quatre cent pas de la barriére ou commence cette route. Les Eaux minérales de Paſſy, ſourdent dans de beaux jardins, au fond du village, vers la Riviére de Seine. On y compte juſqu'à cinq ſources, dont deux anciennes; je ne traiterai que de celles-ci, parce qu'elles ont toutes à peu-près les mêmes principes minéraux & les mêmes qualités.

Les anciennes Eaux de Paſſy, ſont claires & limpides, elles ont un goût martial. Il eſt démontré qu'elles contiennent du fer, un peu de ſel catartique & de la terre abſorbante.

On appelle Eaux de Paſſy épurées, celles qu'on a laiſſé ſéjourner dans des vaſes, où elles ont dépoſé leur principe terreux ou martial.

Les Eaux de Paſſy ſont toniques, inciſives, diurétiques, laxatives; elles
lévent les obſtructions, guériſſent les
hémorragies qui en dépendent, de même que celles qui proviennent du relâchement des vaiſſeaux. Ces Eaux ſont
propres, aux inappétences, aux dégoûts;
elles remédient à la lenteur des digeſtions, aux appétits abſurdes & irrégu-
liers, aux pâles couleurs, &c.

Eaux minérales, froides, ferrugineuſes,
& ſalines de Cranſſac.

Cranſſac, eſt un gros Bourg de la
Province de Roüergue, à ſix lieues & au
Nord Oueſt de la Ville de Rodéz. Ce
Bourg eſt bâti dans une vallée entou-
rée de montagnes.

Les montagnes de Cranſſac, rendent
par pluſieurs crévaſſes de la flamme &
de la fumée; il paroît que des feux
ſouterreins ont brûlé ſucceſſivement
dans une étendue de pays conſidérable;
le terrein eſt de nature calcaire. On y
trouve des briques, des terres vitrifiées
& un nombre de mines de charbon de
pierre.

Une ſource d'Eaux minérales froides, jaillit au bas d'une des montagnes

à laquelle Cranſſac eſt preſque adoſſé. C'eſt ce qu'on appelle l'ancienne ſource. Un peu plus haut de la montagne on reconnoît les reſtes d'une mine d'alun, déja en partie exploitée; plus haut encore on trouve des étuves ſéches creuſées dans la terre & qui provoquent dans un inſtant des ſueurs copieuſes.

Vers le milieu de la même montagne, on découvre encore une fontaine d'Eaux minérales froides, qu'on appelle la nouvelle ſource ou la fontaine de l'intendance. Ces deux fontaines ſont très abondantes, l'Eau en eſt claire, tranſparente & légere. L'Eau de cette fontaine a ſenſiblement une odeur de ſouffre & un goût métallique âpre & amer. Les expériences chymiques aux quelles l'Eau des deux fontaines a été ſoumiſe, y ont démontré ſenſiblement des principes ferrugineux vitrioliques, du ſel d'épſom & un peu d'alun.

La fontaine de l'intendance, contient ces principes en plus grande abondance que l'ancienne; cependant celle-ci eſt, pour ainſi-dire, la ſeule fréquentée & celle dont on puiſe l'eau pour l'envoyer dans les provinces & à Paris.

Les eaux de Cranſſac ſont apéritives,

diurétiques , cathartiques & toniques.
On a appris par une longue suite d'obfervations , qu'elles rétabliffent les digeftions dérangées , qu'elles favorifent
les fecrétions , fur-tout celle de la bile ,
qu'elles excitent les excrétions, & qu'elles
font fpécifiques pour la guérifon des
dépôts laiteux. Elles réuffiffent finguliér-
rement dans les affections hypocondriaques; elles divifent la lymphe , &
favorifent fa circulation : elles lévent
les obftructions , diffipent la caufe des
fiévres intermittentes , rébellés , & les
guériffent radicalement : les eaux de
Cranffac relévent le ton relâché des
folides , & en foutiennent l'énergie.

Ces Eaux font propres à la guérifon
des douleurs de tête invétérées , des
fluxions catarreufes , principalement fur
les yeux : on s'en fert avec fuccès dans
les écoulemens gonorrhoïques , les pâles
couleurs , les pertes blanches , les régles
immodérées , retardées , fupprimées ; &
leur dofe eft de deux livres jufqu'à quatre,
ou d'une pinte jufqu'à deux.

EAUX MINERALES FROIDES ALKALINES.

Eaux minérales froides, alkalines de Merlange.

Les EAUX minérales de Merlange sont situées près de la Ville de Montreau Faut-Yonne en Champagne, entre *Sens* & *Melun* au Confluent de l'Yonne, à quinze lieues, Sud-Est de Paris.

La fontaine minérale est située au midi, au bas d'un monticule, dans un pays riant & fertile : le terrein qui l'environne est formé de pierres à chaux, & d'une terre à-peu-près comme la Marne & la craie. On se sert de cette terre pour dégraisser & blanchir les étoffes de laine.

L'EAU de Merlange est rendue minérale en passant, en se filtrant à travers les pierres à chaux, & les terres marneuses & craieuses qu'on y observe : ces EAUX rassemblées, & formant une source, se rendent dans un bassin quarré, & se répandent dans les terres voisines par le moyen d'une rigole, à fleur d'eau, dans laquelle on remarque un dépôt, ou sédiment jaunâtre, formé par l'eau.

L'EAU minérale de Merlange est froide & très-limpide ; à sa source, elle n'a aucun

cun

cun goût défagréable ; elle eft feulement
un peu douceâtre. Etant agitée dans la
bouche, elle fait mouffer la falive , &
la blanchit à-peu-près de même que
le feroit une eau feconde de chaux ,
ou une eau de favon extrêmement lé-
gère.

Les fubftances minérales qui entrent
dans les eaux de Merlange , peuvent
fe réduire à trois principales ; felon les
Médecins Commiffaires qui en firent
l'analyfe au mois de Mai 1761 , en
vertu d'un décret de la Faculté de Médecine de Paris.

Ces fubftances minérales font 1°. une
petite portion de fer extrêmement divifé , 2°. une affez grande quantité de
terre abforbante , crétacée ou calcaire ,
alkalifée, dont les propriétés & les effets,
foit pour la compofition de l'eau minérale , foit pour fes vertus médicinales,
n'ont pas paru aux Commiffaires encore
affez obfervées dans l'examen des Eaux
minérales en général ; 3°. enfin un fel
neutre d'une nature particuliére.

Après une analyfe de l'Eau de Merlange, les Commiffaires l'ont confidé-
rée comme un Eau de chaux feconde ,
compofée par la nature même , & qu'on
pourroit regarder comme favonneufe :

fon ufage fera très-sûr, difent les Commiffaires, dans les cas où l'on foup-
çonnera des acides dans les premiéres
voies : elle deviendra alors purgative,
paffera dans le fang, & produira l'effet
d'apéritif : elle eft de nature à conve-
nir aux tempéramens foibles, aux vifcéres délicats, fufceptibles d'un excès
d'irritation & aux maladies des reins, de
la veffie, &c.

Eaux minérales, froides, alkalines de fainte Reine.

Sainte Reine eft un Village affez bien
bâti, dans la Province de Bourgogne,
à neuf lieues de Dijon; avant qu'on
y portât les Reliques de fainte Reine,
c'étoit l'ancienne Ville d'*Alexia*, dont
il eft fait mention dans les Commen-
taires de Céfar.

Il y a deux fontaines minérales à
fainte Reine, l'une eft dans l'Eglife des
Cordeliers, dans une Chapelle fermée
par une grille de fer; l'autre eft dans
un champ très-proche du village : on
l'appelle la Grande Fontaine : elle a
pris cette dénomination de ce qu'elle
eft très-abondante, au lieu que celle
des Cordeliers l'eft très-peu. L'Eau
de ces fources eft claire & infipide,
affez agréable au goût; elle eft alka-

line : le fédiment qu'on en retire par l'évaporation a un goût falé, âcre, & picotte la langue.

Les eaux de fainte, Reine font diu-rétiques, laxatives : elles font de bons effets dans les maladies des reins & de la veffie, fur-tout dans affections gra-veleufes : elles font propres à la guérifon des vieilles gonorrhées, & des maladies cutanées, excepté les inflammatoires.